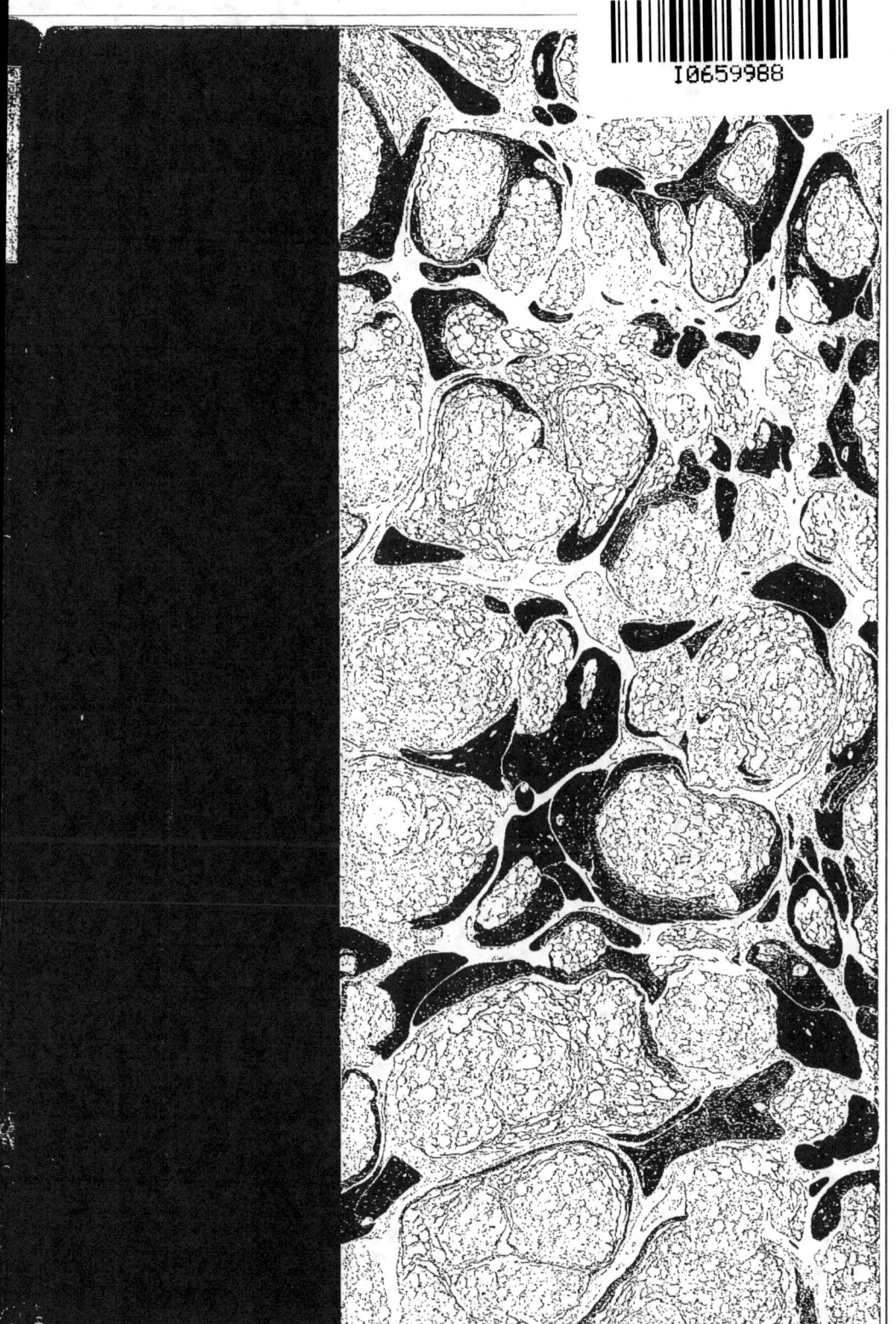

PIERRE LOTI.

LA CHANSON DES VIEUX ÉPOUX

Henry Somm

PARIS

LIBRAIRIE L. CONQUET

L. CARTERET & Cⁱᵉ, SUCCʳˢ

5, RUE DROUOT, 5

1899

Vente Hôtel Drouot
24 janvier 1950
Fr. 2.800

LA

CHANSON DES VIEUX ÉPOUX

Exemplaire offert

à Monsieur Monod

IMPRIMERIE LAHURE

PIERRE LOTI

DE L'ACADÉMIE FRANÇAISE

~~~~~~~~~

LA

CHANSON DES VIEUX ÉPOUX

Aquarelles d'après Henry Somm

—◦◇◦—

PARIS

LIBRAIRIE L. CONQUET

L. CARTERET ET Cie, SUCCrs

5, RUE DROUOT, 5

—

1899

LA CHANSON DES VIEUX ÉPOUX

Toto-San et Kaka-San, le mari et la femme.

Ils étaient vieux, vieux; on les avait toujours connus; les plus anciens de Nangasaki ne se rappelaient même pas les avoir vus jeunes.

Ils mendiaient par les rues. Toto-San, qui était aveugle, traînait dans une petite caisse à roulettes Kaka-San, qui était paralytique.

Jadis ils s'étaient nommés Hato-San et Oumé-San (monsieur Pigeon et madame Prune), mais on ne s'en souvenait plus.

En langue nipponne, Toto et Kaka sont des mots très doux qui signifient « père » et « mère » dans la bouche des enfants. A cause sans doute de leur grand âge, tout le monde les appelait ainsi; et en ce pays d'excessive politesse on faisait suivre ces noms familiers du terme *San*, qui est honorifique comme monsieur ou madame (*monsieur papa et madame maman*); les plus petits

des bébés japonais ne négligent jamais
ces formules d'étiquette.

Leur façon de mendier était discrète
et comme il faut; ils ne harcelaient
point les gens avec des prières, mais

tendaient les mains, simplement et
sans rien dire, de pauvres mains
ridées sur lesquelles il y avait déjà
comme des plissures de momie. On
leur donnait du riz, des têtes de pois-
sons, des vieilles soupes.

Très petite, comme toutes les Japonaises, Kaka-San paraissait réduite à
rien dans cette boîte à roulettes, où
son arrière-train presque mort s'était
desséché et tassé pendant une si
longue suite d'années.

Sa voiture était mal suspendue;
aussi lui arrivait-il d'être très cahotée
dans le cours de ses promenades par
la ville. Il ne marchait pourtant pas
vite, son pauvre époux, et il était si
rempli de soins, de précautions! Elle
le guidait de la voix, et lui, attentif,

l'oreille tendue, allait son chemin de
juif-errant dans son éternelle obscu-

rité, le trait de cuir passé à l'épaule et
sondant avec un bambou la terre en
avant de ses pas.

Les moments très graves, c'était

quand il s'agissait de monter une marche, ou bien de franchir un ruisseau, une crevasse, une ornière, — comment se tirerait-il de là, Toto-San?... Et il fallait voir alors la pauvre vieille s'agiter dans sa boîte : cette figure inquiète, ces yeux qui brillaient d'anxiété intelligente, malgré la buée que les ans avaient soufflée dessus pour les ternir..... Évidemment la frayeur d'être chavirée était une des choses qui minaient le plus sa fin d'existence.

Que se passait-il dans leurs têtes, à ces deux vieux qui s'adoraient? Qu'est-ce qu'ils pouvaient se conter l'un à l'autre, dans le recueillement du soir? Quels souvenirs exhumaient-ils de leurs

jeunes années, quand ils étaient nichés
ensemble sous quelque hangar pour
dormir, Kaka-San déjà encapuchonnée

dans le mouchoir de coton bleu qui
était sa coiffure de nuit? Comment se
faisaient leurs projets de promenade,
pour le lendemain, qui allait recom-
mencer tout pareil au jour d'avant,

avec la même lutte pour manger, la
même décrépitude et la même misère.
Avaient-ils encore des joies, de petits
restes d'espérance ? Avaient-ils bien
encore des pensées, seulement, et
pourquoi s'obstinaient-ils à vivre,
quand la terre était là toute prête pour
les recevoir, pour achever de les
décomposer sans plus les faire souf-
frir ?...

Ils se rendaient à toutes les fêtes
religieuses célébrées dans les temples.

Sous les grands cèdres noirs qui
ombragent les préaux sacrés, au pied
de quelque vieux monstre en granit,
ils s'installaient de bonne heure, avant
l'arrivée des premiers fidèles, et tant
que durait le pèlerinage, beaucoup de
passants s'arrêtaient à eux. Jeunes

filles à figure de poupée et à tout
petits yeux de chat, faisant traîner
leurs hautes chaussures de bois ; bébés

nippons très comiques dans leurs
longues robes bigarrées, arrivant par

bandes pour
faire leurs dé-
votions en se
tenant par la
main ; belles
dames minau-
dières à chi-
gnon compli-
qué, venant à
la pagode pour
prier et pour
rire ; paysans
à longs che-
veux, bonzes
ou marchands,
toutes les marionnettes imaginables
de ce petit peuple gai, passaient

devant Kaka-San qui les voyait encore et devant Toto-San qui ne les
voyait plus. On leur jetait toujours un
regard bienveillant, et parfois, d'un
groupe, quelqu'un se détachait pour
leur porter une aumône; on leur
faisait même des révérences, tout
comme à des gens de bonne compagnie,
tant ils étaient connus et tant on est
poli dans cet Empire.

Et ces jours-là, il leur arrivait à eux
aussi de sourire à la fête, quand le
temps était beau et la brise tiède,
quand leurs douleurs de vieillesse
étaient un peu endormies au fond de
leurs membres épuisés. Kaka-San,
émoustillée par le brouhaha des voix
rieuses et légères, se reprenait à
minauder comme les dames qui pas-

saient, en jouant de son pauvre éven-
tail de papier, se donnait un air d'être

encore bien en vie et de s'intéresser
comme les autres aux choses amu-
santes de ce monde.

Mais, quand le soir venait, ramenant

de l'obscurité et du froid sous les
cèdres, quand il y avait une horreur
religieuse et un mystère répandus
tout à coup alentour des temples, dans
les allées bordées de monstres, les
deux vieux époux s'affaissaient sur
eux-mêmes. Il semblait que la fatigue
du jour les eût rongés par en dedans,
leurs rides étaient plus creuses, les
plissures de leur peau plus pendantes;
leurs figures n'exprimaient plus que
la misère affreuse et la détresse d'être
près de mourir.

Des milliers de lanternes s'allumaient pourtant autour d'eux dans
les branches noires, et des fidèles
stationnaient toujours sur les marches
des sanctuaires. Le bourdonnement
d'une gaieté frivole et bizarre sortait

3

de toute cette foule, emplissait les avenues et les saintes voûtes, contrastant avec le rictus des monstres immobiles qui gardaient les dieux, avec les symboles effrayants et inconnus, avec les vagues épouvantes de la nuit. La fête se prolongeait aux lumières et semblait une immense ironie pour les Esprits du ciel, bien plus qu'une adoration, mais une ironie sans amertume, enfantine, bienveillante et surtout irrésistiblement joyeuse.

C'est égal, le soleil couché, rien de tout cela ne ranimait plus ces deux débris humains; ils redevenaient sinistres à voir, accroupis à l'écart comme des parias malades, comme de pauvres vieux singes usés et finis,

mangeant dans un coin leurs miettes
d'aumône. A ce moment, s'inquiétaient-
ils de quelque chose de profond et
d'éternel, pour avoir cette expression
d'angoisse répandue sur leurs masques
morts? Qui sait ce qui se passait au
fond de ces vieilles têtes japonaises?
Peut-être rien!... Ils luttaient simplement pour tâcher de continuer de
vivre; ils mangeaient, au moyen de
leurs petites baguettes de bois, en
s'entr'aidant avec des soins tendres;
ils s'enveloppaient pour n'avoir pas
trop froid, pour ne pas laisser la rosée
se déposer sur leurs os; ils se soi-
gnaient de leur mieux, avec le désir
d'être en vie demain et de recom-
mencer, l'un roulant l'autre, leur
même promenade errante...

Dans la petite voiture, il y avait, en plus de Kaka-San, tous les objets de leur ménage : écuelles ébréchées en porcelaine bleue pour mettre le riz, tasses en miniature pour boire le thé et lanterne en papier rouge qu'ils allumaient le soir.

Chaque semaine, une fois, Kaka-San était soigneusement repeignée et recoiffée par son mari aveugle. Ses bras, à elle, ne pouvaient plus se lever assez haut pour construire son chignon de Japonaise, et Toto-San avait appris. A tâtons, à mains tremblantes, il caressait la pauvre vieille tête qui se laissait tripoter avec un abandon câlin, et cela rappelait, en plus triste, ces toilettes deux à deux que se font les singes. Les cheveux étaient rares, et

Toto-San ne trouvait plus grand'chose
à peigner sur ce parchemin jaune,

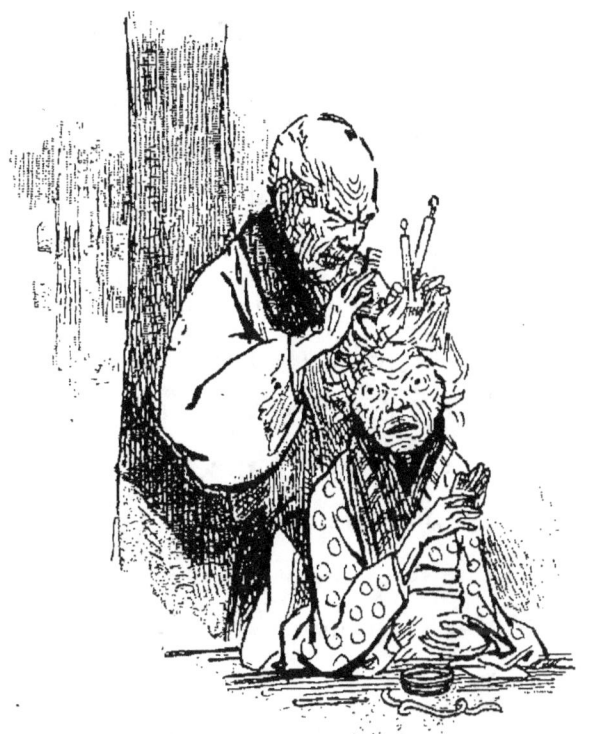

ridé comme la peau des pommes en
hiver. Il réussissait pourtant à former

des coques, qu'il disposait avec un
goût nippon ; elle, très intéressée,
suivait des yeux dans un casson de
miroir : « Un peu plus haut, Toto
San!... Un peu plus à droite, un peu
plus à gauche... » A la fin, quand il
avait piqué là-dedans deux longues
épingles en corne, qui achevaient de
donner du genre à la coiffure, Kaka-
San prenait encore une certaine mine
de grand'mère comme il faut, une
certaine silhouette apprêtée de bonne
femme à potiche.

Ils faisaient aussi leurs ablutions
consciencieusement : on est si propre
au Japon!

Et, quand ils avaient accompli une
fois de plus ce lavage, perpétuellement
recommencé depuis tant d'années,

quand ils avaient fini cette tâche de toilette que l'approche de la mort rendait de jour en jour plus ingrate, se sentaient-ils au moins vivifiés par l'eau pure et froide, éprouvaient-ils encore un peu de bien-être, au frais matin?

O misère lamentable! Après chaque nuit, se réveiller tous deux plus caducs, plus endoloris, plus branlants, et, malgré tout, vouloir obstinément vivre, étaler sa décrépitude au soleil, et repartir pour la même éternelle promenade à roulettes, avec les mêmes lenteurs, les mêmes grincements de planches, les mêmes cahots, les mêmes fatigues; aller toujours, par les rues, par les faubourgs, par les villages, jusque dans la campagne lointaine, quand une fête était annoncée à quelque temple des bois...

Ce fut dans les champs, un matin, au croisement de deux routes mika- dales, que la mort, en sournoise, attrapa la vieille Kaka-San.

Un beau matin d'avril, en plein soleil, en pleine verdure.

Dans cette île de Kiu-Siu, le prin- temps est un peu plus chaud que le nôtre, un peu plus hâtif, et déjà tout res- plendissait dans la fertile campagne. Les deux routes se coupaient en plaine, au milieu de rizières veloutées qu'un vent léger rendait chatoyantes comme des peluches vertes. L'air était rempli de la musique des cigales, qui, au Japon, sont très bruyantes.

A ce carrefour, il y avait une dizaine
de tombes dans les herbes, sous un

bouquet de grands cèdres isolés : des
bornes carrées ou bien d'antiques
bouddhas en granit assis dans des

calices de lotus. Au delà des champs
de riz, on apercevait les bois, assez
semblables à nos bois de chènes, mais
où se mêlaient quelques touffes blan-
ches ou roses qui étaient des camélias
à fleurs simples, et quelques feuillages
très légers qui étaient des bambous;
puis, tout au loin, des montagnes res-
semblant à de petits dômes, à de
petites coupoles, dessinaient sur le
ciel bleu des formes un peu manié-
rées, mais très gracieuses.

C'est au milieu de cette région de
calme et de verdure que l'équipage de
Kaka-San s'était arrêté, et pour une
halte suprême. Des paysans et des
paysannes, habillés de longues robes
en cotonnade bleu sombre à manches
pagode, une vingtaine de bonnes

petites âmes nipponnes, s'empressaient
autour de la caisse à roulettes où la

moribonde tordait ses vieux bras. Ça
l'avait prise tout d'un coup en chemin,
tandis que Toto-San la traînait à un
pèlerinage dans un temple de la déesse
Kwanon.

Les bonnes petites âmes, qui s'étaient attroupées par bienveillance autant que par curiosité, se démenaient de leur mieux pour la soigner. C'étaient pour la plupart des gens qui se rendaient, eux aussi, à cette fête de Kwanon, divinité de la Grâce.

Pauvre Kaka-San! On avait essayé de la remonter avec un cordial à l'eau-de-vie de riz; on lui avait frotté le creux de l'estomac avec des herbes aromatiques et tamponné la nuque avec l'eau fraîche d'un ruisseau.

Toto-San la touchait tout doucement, la caressait à tâtons, ne sachant que faire, entravant les autres avec ses gestes d'aveugle, et tremblant plus que jamais de tous ses membres dans son angoisse.

En dernier lieu, on lui avait fait
avaler, en boulettes, des morceaux de
papier qui contenaient d'efficaces
prières écrites par les bonzes et qu'une
femme secourable avait consenti à reti-
rer de la doublure de ses propres manches. Peine perdue, car l'heure était
sonnée ; l'invisible Mort était là, riant
au nez de tous ces Nippons et serrant
déjà la vieille dans ses mains sûres.

Une dernière contorsion, très dou-
loureuse, et Kaka-San s'affaissa, la
bouche ouverte, le corps tout de côté,
à moitié tombée de sa boîte et les bras
pendants, comme la poupée d'un gui-
gnol de pauvres qui serait au repos,
la représentation finie.

Ce petit cimetière ombreux, devant

lequel s'était accomplie la scène finale,
semblait tout indiqué par les Esprits

et comme choisi par la morte elle
même.

On n'hésita donc pas. On embaucha
des *coolies* qui passaient et bien vite

on se mit en devoir de creuser la terre

Tout le monde était pressé, ne voulant pas manquer le pèlerinage, ni laisser cette pauvre vieille sans sépulture, d'autant plus que la journée s'annonçait chaude et que déjà de vilaines mouches s'assemblaient.

En une demi-heure le trou fut prêt. On tira la morte de sa boîte, en l'enlevant par les épaules, et on la mit en terre, assise comme elle avait toujours été, l'arrière-train recoquillé comme durant sa vie, semblable à une de ces guenons desséchées que les chasseurs rencontrent parfois au pied des arbres dans les forêts.

Toto-San essayait de tout faire par lui-même, n'ayant plus bien ses idées et gênant les *coolies*, qui n'avaient pas l'âme sensible et qui le bousculaient ; il gémissait comme un petit enfant et des larmes coulaient de ses yeux sans regard. Il tâtait si au moins elle était bien peignée pour se présenter dans les demeures éternélles, si ses coques de cheveux étaient en ordre, et il voulut replacer les grandes épingles dans sa coiffure avant qu'on jetât la terre dessus...

On entendait un léger frémissement dans les feuillages : c'étaient les Esprits des ancêtres de Kaka-San qui venaient la recevoir à son entrée dans le pays des Ombres.

Elle avait fait des choses très malpropres dans sa boîte, pendant le laisser-aller bien pardonnable de la fin, et les *coolies*, pris de dégoût,

parlaient de jeter aussi dans la fosse
tout le ménage, souillé maintenant de
matières immondes : la couverture,
les loques de rechange, les petites
tasses et la lanterne, jusqu'à la boîte
elle-même, prétendant que la peste
était dedans.

Oh! alors Toto-San perdit tout à fait
la tête de désespoir, en voyant qu'on
allait lui enlever tous ces souvenirs;
épuisé et pleurant, il se coucha dessus
pour les défendre.

Mais une autre vieille mendiante
qui se rendait à la fête, elle aussi, pour
y ramasser des aumônes, s'arrêta et
eut pitié de lui : « Je laverai tout ça
dans le ruisseau, moi, dit-elle ».

Les gens qui s'étaient attroupés
continuèrent donc leur chemin vers

5

le temple de la déesse, laissant ces deux mendiants ensemble au milieu de la solitude verte où les cigales chantaient.

Dans le ruisseau d'eau courante et claire, la pauvresse lava tout avec soin, même la boîte et ses roulettes; les détritus de Kaka-San allèrent féconder

les fraîches plantes qui poussaient le
long de la rive et les lotus superbes

dont les premiers boutons commen-
çaient à monter des vases profondes.

Ensuite elle étendit les loques sur

des branches, au gai soleil, et, le soir,
tout fut sec, bien replié, bien arrangé ;
Toto-San put reprendre sa route errante.

Il s'attela et repartit, par habitude
de marcher en roulant quelque chose.
Mais derrière lui, la petite voiture
était vide. Séparé de celle qui avait
été son amie, son conseil, son intel-
ligence et ses yeux, il s'en allait au
hasard, débris plus pitoyable à pré-
sent, irrévocablement seul sur la terre
jusqu'à sa fin, ne retrouvant plus ses
idées, avançant à tâtons, sans but ni
espérance, dans une nuit plus noire...
Cependant, les cigales chantaient à
pleine voix dans la verdure qui s'assom-
brissait sous les étoiles et, tandis que

la vraie nuit descendait autour de
l'homme aveugle, on commençait à
entendre dans les branches les mêmes
frémissements que le matin pendant
la mise en terre; c'étaient encore
des murmures
d'Esprits qui di-
saient : « Con-
sole-toi, Toto-
San, elle se re-
pose dans cette
sorte d'anéan-
tissement très
doux où nous
sommes nous-
mêmes et où tu
viendras bien-

tôt. Elle n'est plus ni vieille ni branlante,
puisqu'elle est morte; ni désagréable

à voir, puisqu'elle est bien cachée parmi les racines souterraines ; ni dégoûtante pour personne, puisqu'elle est de la matière fertilisant le sol. Son corps va se purifier en s'infiltrant dans la terre ; Kaka-San va devenir de jolies plantes japonaises, — des rameaux de cèdre, — des camélias simples, — des bambous...

EN PRÉPARATION

—

H. DE BALZAC

—

LA MAISON

DU

Chat-qui-Pelote

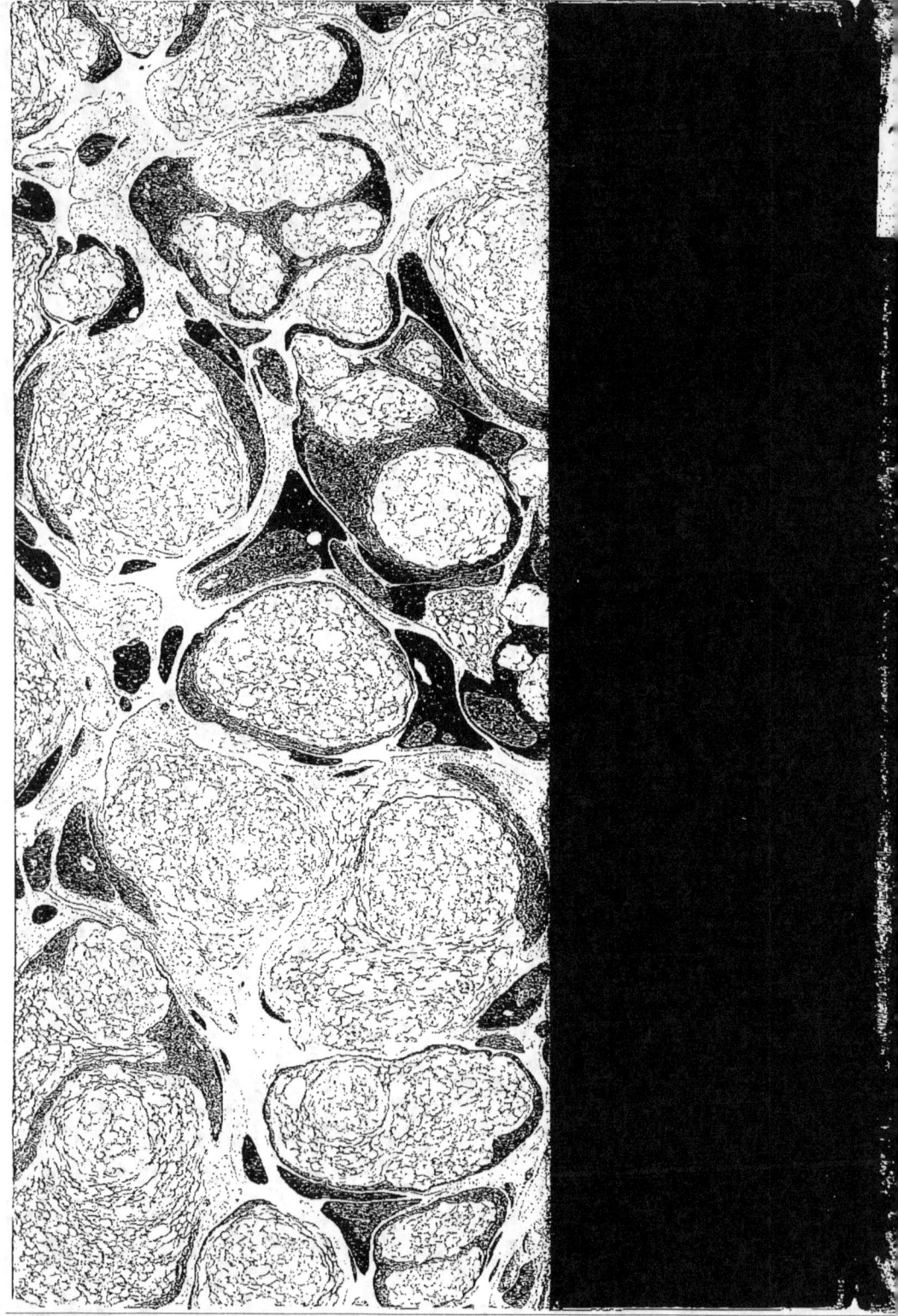

PIERRE LAGNY — LA CHEVAUCHÉE DES VAMPIRES